貝の穴に河童の居る事

泉鏡花 著
石塚公昭 人形・写真

【初出】「古東多万」昭和六年九月
【底本】『泉鏡花集成８』ちくま文庫、平成八年
※ルビ・漢字遣いは、ちくま文庫版に準ずるものの読みやすさを考慮し一部、岩波書店版『鏡花全集』（昭和五十七年）をもとに削除・追加した。

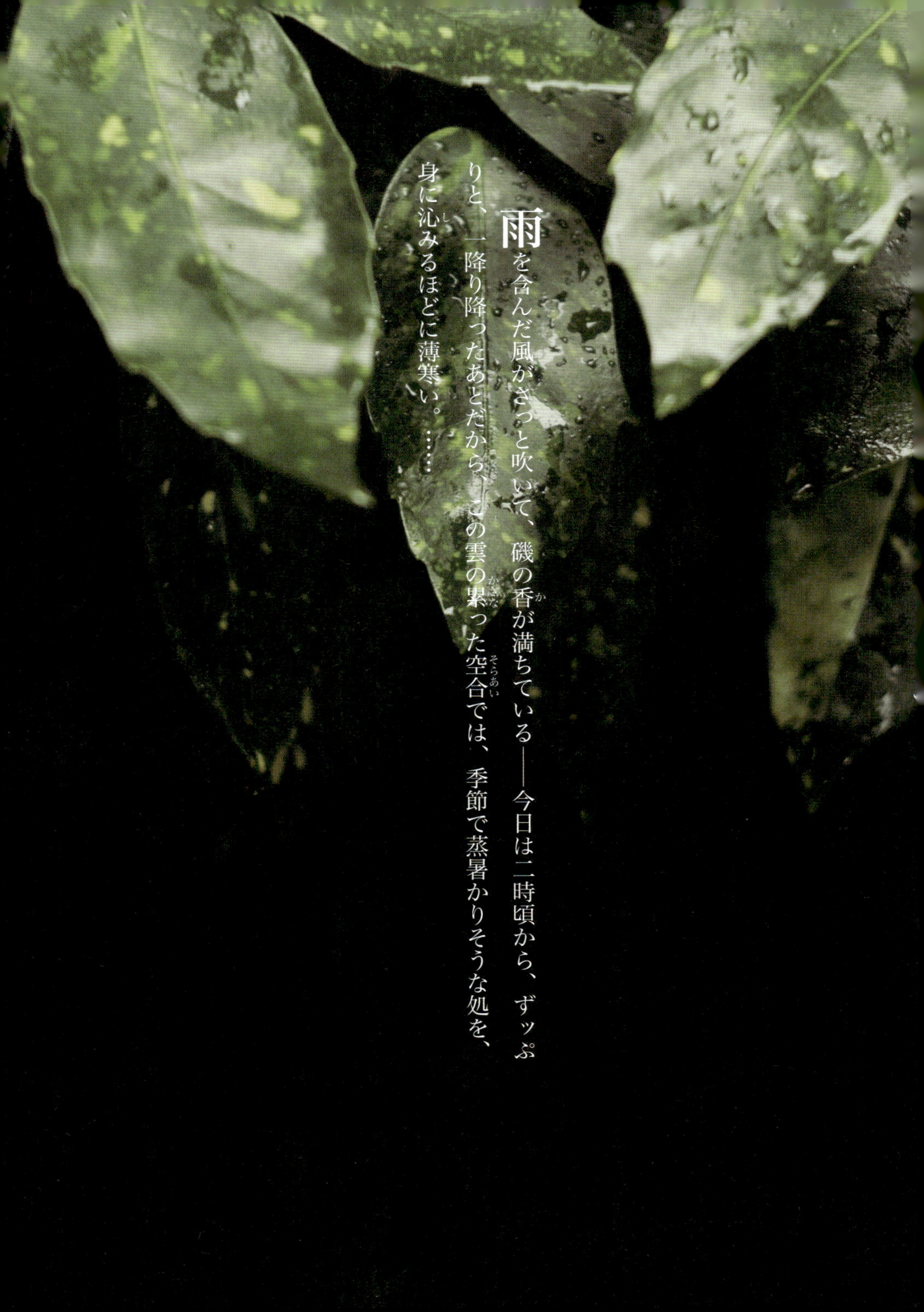

雨を含んだ風がざっと吹いて、磯の香《か》が満ちている——今日は二時頃から、ずッぷりと、一降り降ったあとだから、この雲の累《かさな》った空合《そらあい》では、季節で蒸暑かりそうな処を、身に沁《し》みるほどに薄寒い。……

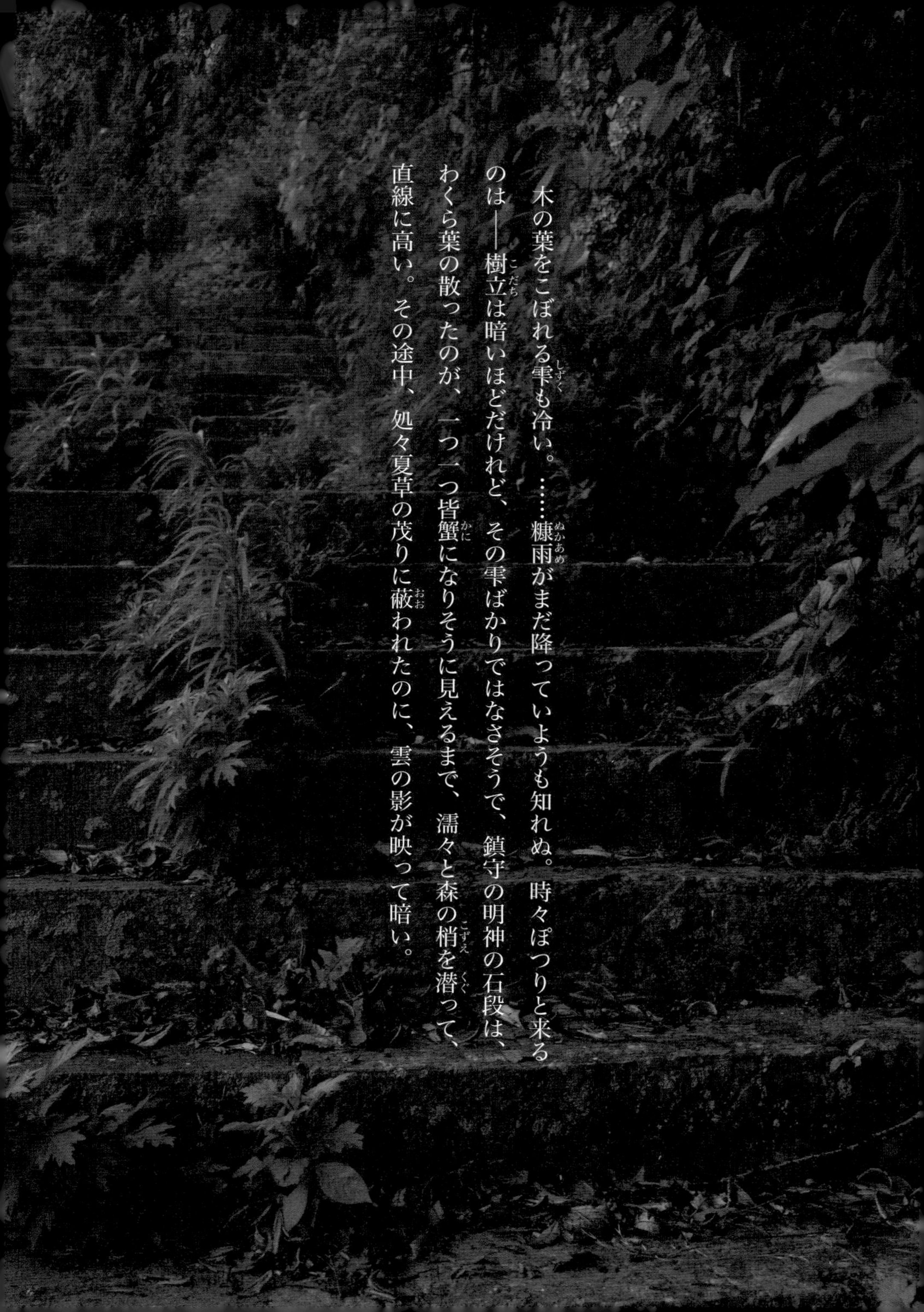

木の葉をこぼれる雫《しずく》も冷い。……糠雨《ぬかあめ》がまだ降っていようも知れぬ。時々ぽつりと来るのは――樹立《こだち》は暗いほどだけれど、その雫ばかりではなさそうで、鎮守の明神の石段は、わくら葉の散ったのが、一つ一つ皆蟹《かに》になりそうに見えるまで、濡々と森の梢《こずえ》を潜《くぐ》って、直線に高い。その途中、処々夏草の茂りに蔽《おお》われたのに、雲の影が映って暗い。

縦横《たてよこ》に道は通ったが、段の下は、まだ苗代にならない水溜りの田と、荒れた畠だから——農屋漁宿《のうおくぎょしゅく》、なお言えば商家の町も遠くはないが、ざわめく風の間には、海の音もおどろに寂しく響いている。よく言う事だが、四辺《あたり》が渺《びょう》として、底冷い靄《もや》に包まれて、人影も見えず、これなりに、やがて、逢魔《おうま》が時になろうとする。

町屋の屋根に隠れつつ、巽《たつみ》に展《ひら》けて海がある。その反対の、山裾の窪《くぼ》に当る、石段の左の端に、べたりと附着《くっつ》いて、溝鼠《どぶねずみ》が這上ったように、ぼろを膚《はだ》に、笠も被らず、一本杖の細いのに、しがみつくように縋《すが》った。杖の尖《さき》が、肩を抽《ぬ》いて、頭の上へ突出ている、うしろ向《むき》のその肩が、びくびくと、震え、震え、背丈は三尺にも足りまい。小児《こども》だか、侏儒《いっすんぼうし》だか、小男だか。ただ船虫の影の拡ったほどのものが、靄に沁み出て、一段、一段と這上る。……

しょぼけ返って、蠢《うごめ》くたびに、啾々《しゅうしゅう》と陰気に幽《かすか》な音がする。腐れた肺が呼吸《いき》に鳴るのか——ぐしょ濡れで裾《すそ》から雫が垂れるから、骨を絞る響《ひびき》であろう——傘の古骨が風に軋むように、啾々と不気味に聞こえる。

「しいッ、」
「やあ、」
しッ、しッ、しッ。

曳声《えいごえ》を揚げて……こっちは陽気だ。
手頃な丸太棒を差荷《さしにな》いに、漁夫《りょうし》の、半裸体の、がッしりした壮佼《わかもの》が二人、真中に一尾の大魚を釣るして来た。魚頭を鈎縄《かぎなわ》で、尾はほとんど地摺《ちずれ》である。しかも、もりで撃った生々しい裂傷《さきぎず》の、肉のはぜて、真向《まっこう》、腮《あご》、鰭《ひれ》の下から、たらたらと流るる鮮血《なまち》が、雨路に滴《したた》って、草に赤い。

私は話の中のこの魚《うお》を写出すのに、出来ることなら小さな鯨と言いたかった。大鮪《おおまぐろ》か、鮫《さめ》、鱶《ふか》でないと、ちょっとその巨大《おおき》さと凄じさが、真に迫らない気がする。——ほかに鮟《あん》鱇《こう》がある、それだと、ただその腹の膨れたのを観るに過ぎぬ。実は石投魚《いしなぎ》である。大温《だいおん》にして小毒《しょうどく》あり、というにつけても、普通、私どもの目に触れる事がないけれども、ここに担いだのは五尺に余った、重量、二十貫に満ちた、逞《たくま》しい人間ほどはあろう。荒海の巌礁に棲み、鱗《うろこ》鋭く、面顰《つらしか》んで、鰭《はた》が硬い。と見ると鯱《しゃち》に似て、彼が城の天守に金銀を鎧《よろ》った諸侯なるに対して、これは赤合羽《あかがっぱ》を絡《まと》った下郎が、蒼《あお》黒い魚身を、血に底光りしつつ、ずしずしと揺られていた。

かばかりの大石投魚《おおいしなぎ》の、さて価値《ねうち》といえば、両を出ない。七八十銭に過ぎないことを、あとで聞いてちと鬱《ふさ》いだほどである。が、とにかく、これは問屋、市場へ運ぶのではなく、漁村なるわが町内の晩のお菜《かず》に——荒磯に横づけで、ぐわッぐわッと、自棄《やけ》に煙を吐く艇《ふね》から、手鉤《てかぎ》で崖肋腹《がけあばら》へ引摺上げた中から、そのまま跣足《はだし》で、磯の巌道《いわみち》を踏んで来たのであった。

まだ船底を踏占めるような、重い足取りで、田畝《たんぼ》添いの脛《すね》を左右へ、草摺れに、だぶだぶと大魚《おおうお》を揺って、

「しいッ、」「やあ、」

しっ、しっ、しっ。

この血だらけの魚の現世《うつしよ》の状《さま》に似ず、梅雨の日暮の森に掛って、青瑪瑙《あおめのう》を畳んで高い、石段下を、横に、漁夫と魚で一列になった。

すぐここには見えない、木の鳥居は、海から吹抜けの風を厭《いと》ってか、窪地でたちまち氾濫《あふ》れるらしい水場のせいか、一条《ひとすじ》やや広い畝《あぜ》を隔てた、町の裏通りを——横に通った、正面と、撞木《しゅもく》に打着《ぶつか》った真中に立っている。

御柱《みはしら》を低く覗いて、映画か、芝居のまねきの旗の、手拭の汚れたように、渋茶と、藍《あい》と、あわれ鰒《あわび》、小松魚《こがつお》ほどの元気もなく、棹《さお》によれよれに見えるのも、もの寂しい。

前へ立った漁夫の肩が、石段を一歩出て、後《うしろ》のが脚を上げ、真中の大魚の腮《あご》が、端を攀《よ》じているその変な小男の、段の高さとおなじ処へ、生々と出て、横面《よこづら》を鰭《ひれ》の血で縫おうとした。

その時、小男が伸上るように、丸太棒の上から覗いて、

「無慙《むざん》や、そのざまよ。」

と云った、眼《まなこ》がピカピカと光って、

「われも世を呪《のろ》えや。」

と、首を振ると、耳まで被さった毛が、ぶるぶると動いて……腥《なまぐさ》い。

しばらくすると、薄墨をもう一刷《ひとはけ》した、水田《みずた》の際を、おっかな吃驚《びっくり》、といった形で、漁夫らが屈腰《かがみごし》に引返した。手ぶらで、その手つきは、大石投魚を取返しそうな構えでない。鰌《どじょう》が居たら押《おさ》えたそうに見える。丸太ぐるみ、どか落しで遁《に》げた、たった今。……いや、遁げたの候の。……あか褌《ふんどし》にも恥じよかし。

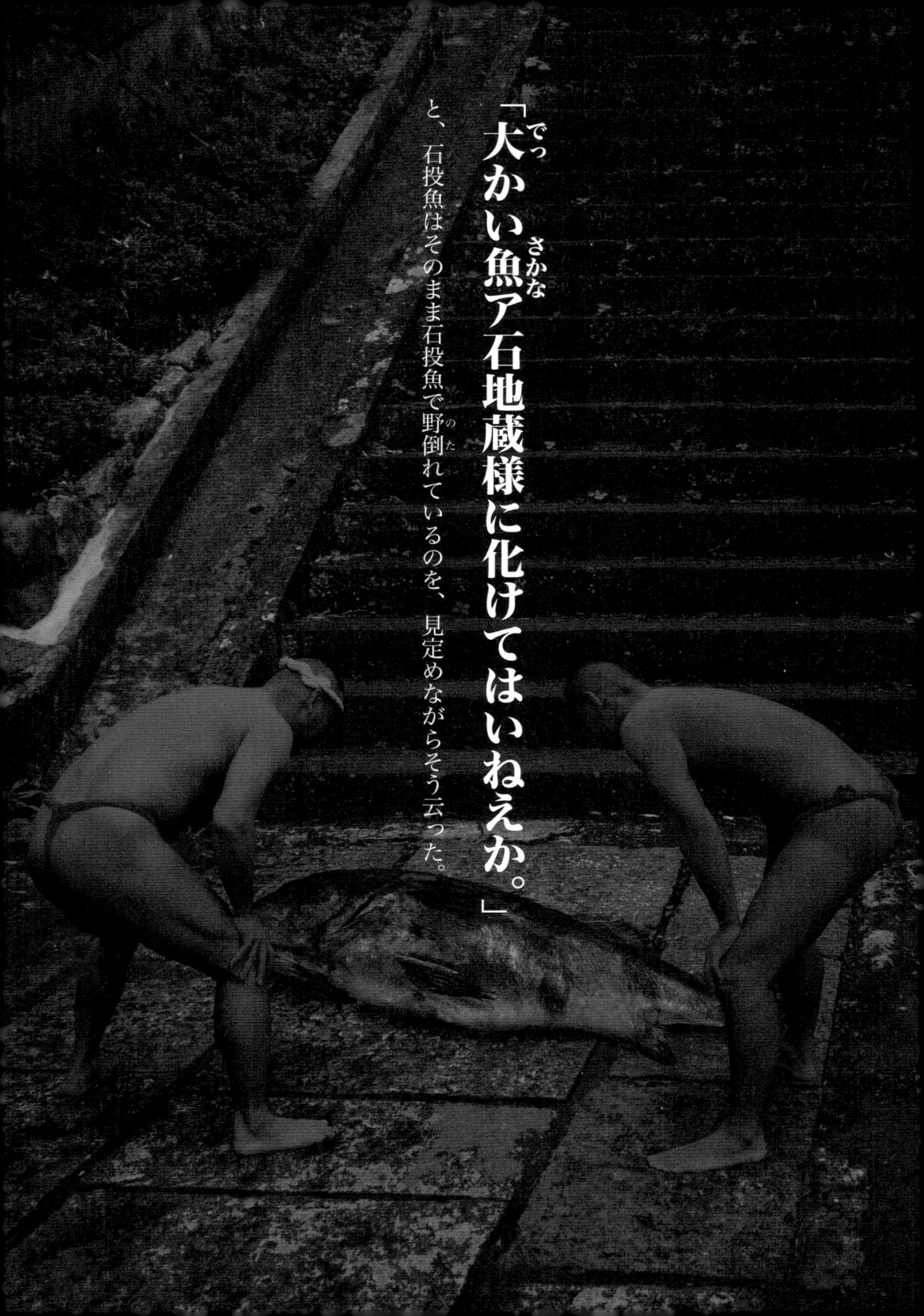

「大《でっ》かい魚《さかな》ア石地蔵様に化けてはいねえか。」

と、石投魚はそのまま石投魚で野倒《のた》れているのを、見定めながらそう云った。

一人は石段を密《そっ》と見上げて、

「何《あに》も居ねえぞ。」

「おお、居ねえ、居めえよ、お前《めえ》。一つ劫《おど》かしておいて消えたずら。いつまでも顕《あら》われていそうな奴じゃあねえだ。」

「いまも言うた事だがや、この魚《うお》を狙《ねら》ったにしては、小《ちっこ》い奴だな。」

「それよ、海から己《おれ》たちをつけて来たものではなさそうだ。出た処《とこ》勝負に石段の上に立ちおったで。」

「己《おら》は、魚の腸《はらわた》から抜出した怨霊ではねえかと思う。」

と摑みかけた大魚鰓《えら》から、わが声に驚いたように手を退《の》けて言った。

「何しろ、水ものには違えねえだ。野山

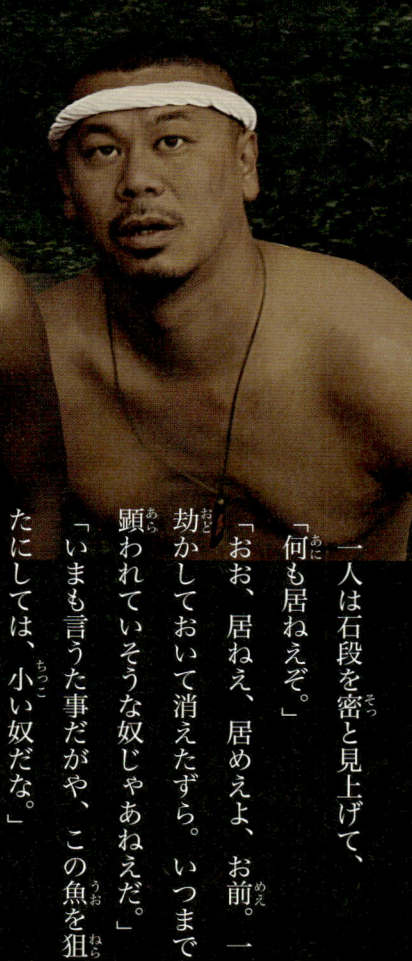

の狐鼬《いたち》なら、面《つら》が白いか、黄色ずら。青蛙のような色で、疣々《えぼえぼ》が立って、はあ、嘴《くちばし》が尖《とが》って、もずくのように毛が下った。」

「そうだ、そうだ。それでやっと思いつけた。絵に描《か》いた河童そっくりだ。」

と、なぜか急に勢づいた。

絵そら事と俗には言う、が、絵はそら事でない事を、読者は、刻下《こくか》に理解さるるであろう、と思う。

「畜生。今ごろは風説《うわさ》にも聞かねえが、こんな処さ出おるかなあ。——浜方へ飛ばねえでよかった。——漁場へ遁《に》げりゃ、それ、なかまへ饒舌《しゃべ》る。加勢と来るだ。」

「それだ。」

「村の方へ走ったで、留守は、女子供だ。相談ぶつでもねえで、すぐ引返《ひっかえ》して、しめた事よ。お前《めえ》らと、己《おら》とで、河童に劫《おど》されたでは、うつむけにも仰向けにも、この顔さ立ちっこねえ処だったぞ、やあ。」

「そうだ、そうだ。いい事をした。——畜生、もう一度出て見やがれ。あたまの皿ア打挫《ぶっくじ》いて、欠片《かけら》にバタをつけて一口だい。」

丸太棒を抜いて取り、引きそばめて、石段を睨上《ねめあ》げたのは言うまでもない。

「コワイ」

と、虫の声で、青蚯蚓《あおみみず》のような舌をぺろりと出した。怪しい小男は、段を昇切った古杉の幹から、青い嘴《くちばし》ばかりを出して、麓《ふもと》を瞰下《みおろ》しながら、あけびを裂いたような口を開けて、またニタリと笑った。

その杉を、右の方へ、山道が樹《こ》がくれに続いて、木の根、岩角、雑草が人の背より高く生乱《はえみだ》れ、どくだみの香深く、薊《あざみ》が凄じく咲き、野茨《のばら》の花の白いのも、時ならぬ黄昏《たそがれ》の仄明《ほのあか》るさに、人の目を迷わして、行手を遮る趣がある。梢《こずえ》に響く浪の音、吹当つる浜風は、葎《むぐら》を渦に廻わして東西を失わす。この坂、いかばかり遠く続くぞ。谿《たに》深く、峰遥《はるか》ならんと思わせる。けれども、わずかに一町ばかり、はやく絶崖《がけ》の端へ出て、ここを魚見岬《うおみさき》とも言おう。町も海も一目に見渡さる、と、急に左へ折曲って、また石段が一個処ある。

小男の頭は、この絶崖際の草の尖《さき》へ、あの、蕈《きのこ》の笠のようになって、ヌイと出た。

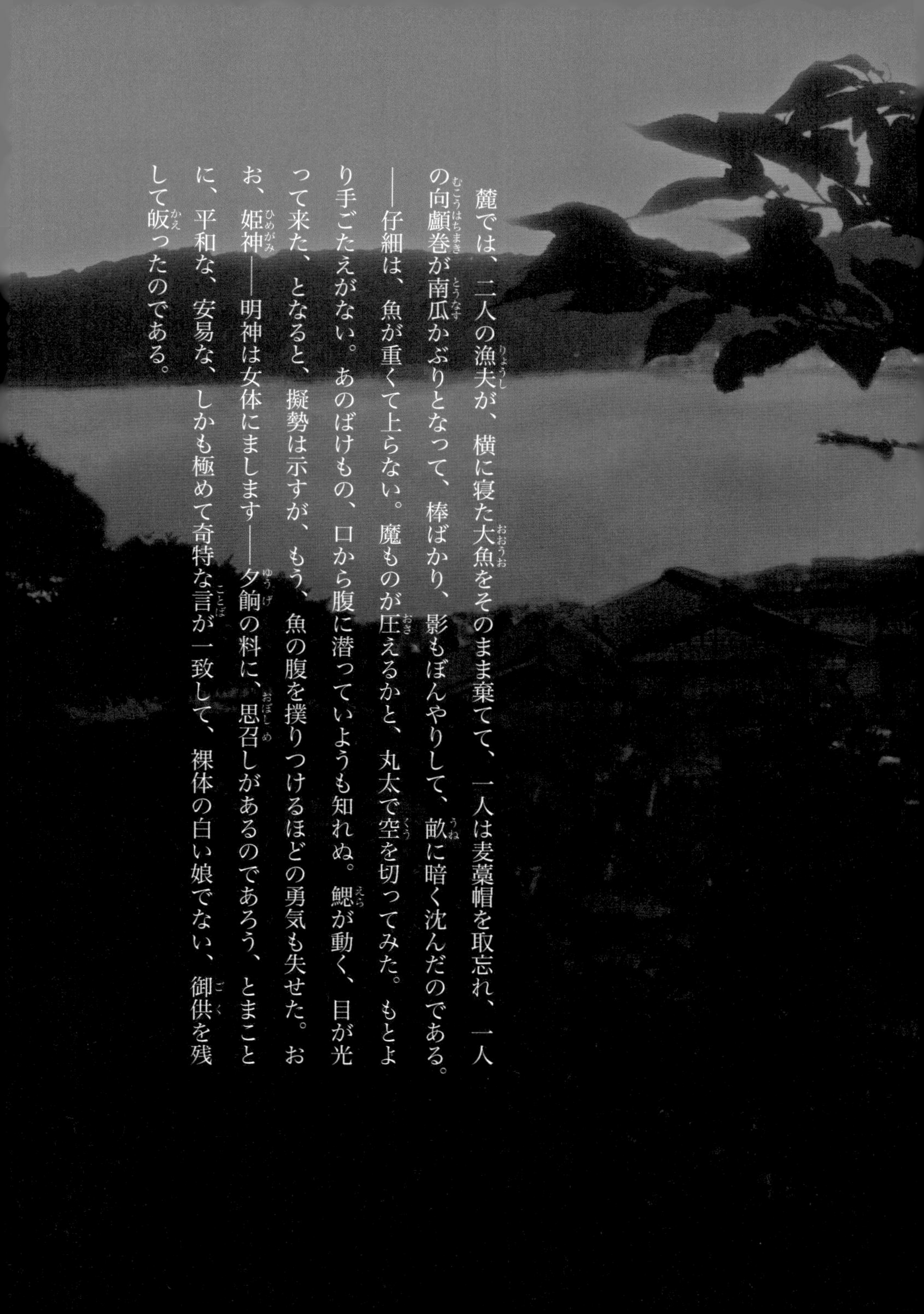

麓では、二人の漁夫《りょうし》が、横に寝た大魚《おおうお》をそのまま棄てて、一人は麦藁帽を取忘れ、一人の向顱巻《むこうはちまき》が南瓜《とうなす》かぶりとなって、棒ばかり、影もぼんやりして、畝《うね》に暗く沈んだのである。――仔細は、魚が重くて上らない。魔ものが圧《おさ》えるかと、丸太で空《くう》を切ってみた。もとより手ごたえがない。あのばけもの、口から腹に潜っていようも知れぬ。鰓《えら》が動く、目が光って来た、となると、擬勢は示すが、もう、魚の腹を撲りつけるほどの勇気も失せた。おお、姫神《ひめがみ》――明神は女体にまします――夕餉《ゆうげ》の料に、思召《おぼしめ》しがあるのであろう、とまことに、平和な、安易な、しかも極めて奇特な言《ことば》が一致して、裸体の白い娘でない、御供《ごく》を残して皈《かえ》ったのである。

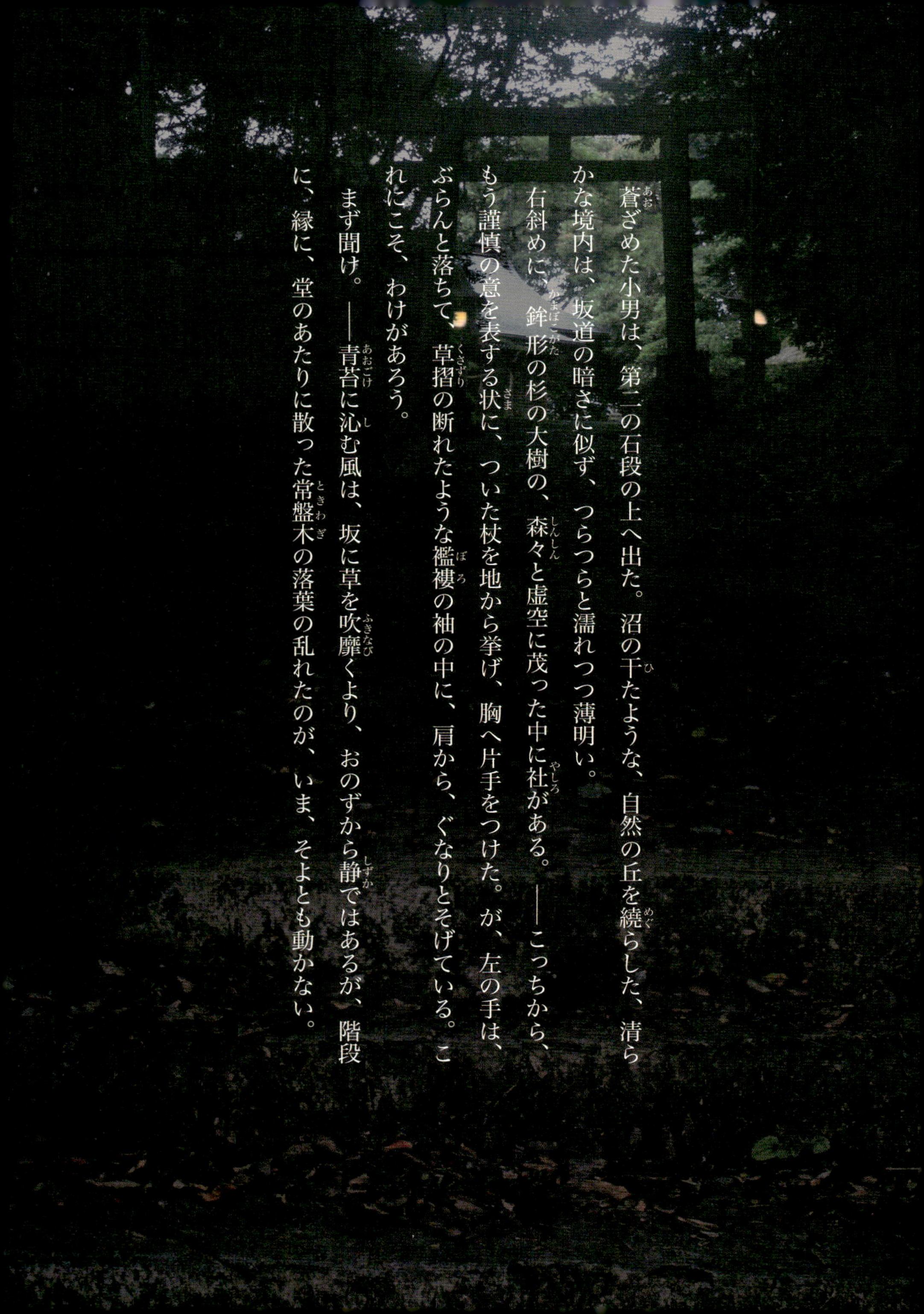

蒼《あお》ざめた小男は、第二の石段の上へ出た。沼の干《ひ》たような、自然の丘を繞《めぐ》らした、清らかな境内は、坂道の暗さに似ず、つらつらと濡れつつ薄明い。

右斜めに、鉾形《かまぼこかた》の杉の大樹の、森々《しんしん》と虚空に茂った中に社《やしろ》がある。——こっちから、もう謹慎の意を表する状《さま》に、ついた杖を地から挙げ、胸へ片手をつけた。が、左の手は、ぶらんと落ちて、草摺《くさずり》の断れたような襤褸《ぼろ》の袖の中に、肩から、ぐなりとそげている。これにこそ、わけがあろう。

まず聞け。——青苔《あおごけ》に沁《し》む風は、坂に草を吹靡《ふきなび》くより、おのずから静《しずか》ではあるが、階段に、縁に、堂のあたりに散った常盤木《ときわぎ》の落葉の乱れたのが、いま、そよとも動かない。

のみならず。――すぐこの階《きざはし》のもとへ、灯ともしの翁《おきな》一人、立出づるが、その油差の上に差置く、燈心が、その燈心が、入相《いりあい》すぐる夜嵐の、やがて、颯《さつ》と吹起るにさえ、そよりとも動かなかったのは不思議であろう。

啾々《しゅうしゅう》と近づき、啾々と進んで、杖をバタリと置いた。濡鼠の袂《たもと》を敷いて、階の下に両《もろ》膝をついた。

目ばかり光って、碧額《へきがく》の金字《こんじ》を仰いだと思うと、拍手《かしわで》のかわりに――片手は利かない――痩せた胸を三度打った。

「願いまっしゅ。……お晩でしゅ。」

と、きゃきゃと透る、しかし、あわれな声して、地に頭《こうべ》を摺《す》りつけた。

「願いまっしゅ、お願い。お願い――」

正面の額の蔭に、白い蝶が一羽、夕顔が開くように、ほんのりと顕《あら》われると、ひらりと舞下り、小男の頭の上をすっと飛んだ。――この蝶が、境内を切って、ひらひらと、石段口の常夜燈にひたりと附くと、羽に点《とも》れたように灯影が映る時、八十年《やそとし》にも近かろう、皺びた翁の、彫刻また絵画の面より、頬のやや円いのが、萎々《なえなえ》とした禰宜《ねぎ》いでたちで、蚊脛《かずね》を絞り、鹿革の古ぼけた大きな燧打袋《ひうちぶくろ》を腰に提げ、燈心を一束、片手に油差を持添え、揉《もみ》烏帽子《えぼし》を頂いた、耳、ぼんの窪《くぼ》のはずれに、燈心はその十筋七筋《とすじななすじ》の抜毛かと思う白髪《しらが》を覗かせたが、あしなかの音をぴたりぴたりと寄って、半ば朽崩《くちくず》れた欄干の、擬宝珠《ぎぼしゅ》を背に控えたが。

屈むが膝を抱く。――その時、段の隅に、油差に添えて燈心をさし置いたのである。

――

「和郎《わろ》はの。」
「三里離れた処でしゅ。――国境《くにざかい》の、水溜りのものでございまっしゅ。」
「ほ、ほ、印旛沼《いんばぬま》、手賀沼《てがぬま》の一族でそうろよな、様子を見ればの。」

「赤沼《あかぬま》の若いもの、三郎でっしゅ。」

「河童衆、ようござった。さて、あれで見れば、石段を上《のぼ》らしゃるが、いこう大儀そうにあった、若いにの。……和郎たち、空を飛ぶ心得があろうものを。」

「神職様《かんぬしさま》、おおせでっしゅ。――自動車に轢《ひ》かれたほど、身体《からだ》に怪我はあるでしゅが、梅雨空を泳ぐなら、鳶烏《とびからす》に負けんでしゅ。お鳥居より式台へ掛らずに、樹の上から飛込んでは、お姫様に、失礼でっしゅ、と存じてでっしゅ。」

「ほ、ほう、しんびょう。」

ほくほくと頷いた。

「きものも、灰塚《はいづか》の森の中で、古案山子《ふるかがし》を剥いだでしゅ。」

「しんびょう、しんびょう……奇特なや、悴《せがれ》。……何、それで大怪我じゃと——何としたの。」

「それでしゅ、それでしゅから、お願いに参ったでしゅ。」

「この老ぼれには何も叶わぬ。いずれ、姫神への願いじゃろ。お取次を申そうじゃが、悴、趣《おもむき》は——お薬かの。」

「薬でないでしゅ。——敵打《かたきうち》がしたいのでっしゅ。」

「ほ、ほ、そか、そか。敵打。……はて、そりゃ、しかし、若いに似合わず、流行におくれたの。敵打は近頃はやらぬがの。」

「そでないでっしゅ。仕返しでっしゅ、喧嘩の仕返しがしたいのでっしゅ。」

「喧嘩をしたかの。喧嘩とや。」

「この左の手を折られたでしゅ。」

とわなわなと身震いする。濡れた肩を絞って、雫《しずく》の垂るのが、蓴菜《じゅんさい》に似た血のかたまりの、いまも流るるようである。

尖《とが》った嘴《くちばし》は、疣立《いぼだ》って、なお蒼《あお》い。

「いたましげなや——何としてなあ。対手《あいて》はどこの何ものじゃの。」

「畜生！　人間。」

「静に——」

ごぼりと咳《せ》いて、

「御前じゃ。」

しゅッと、河童は身を縮めた。

「日の今日、午頃《ひるごろ》、久しぶりのお天気に、おらら沼から出たでしゅ。崖を下りて、あの浜の竈巌《かまどいわ》へ。――神職様、小鮒《こぶな》、鰌《どじょう》に腹がくちい、貝も小蟹《こがに》も欲しゅう思わんでございましゅから、白い浪の打ちかえす磯端《いそばた》を、八葉《よう》の蓮華《れんげ》に気取り、背後《うしろ》の屏風巌《びょうぶいわ》を、舟後光《ふなごこう》に真似て、円座して……翁様、御存じでございましょ。あれは――近郷での、かくれ里。めった、人の目につかんでしゅから、山根の潮の差引きに、隠れたり、出たりして、凸凹凸《でこぼこ》凹凸凹と、累《かさな》って敷く礁《いわ》を削り廻しに、漁師が、天然の生簀《いけす》、生船《いけぶね》がまえにして、魚を貯えて置くでしゅが、鯛《たい》も鰈《かれい》も、梅雨じけで見えんでしゅ。……掬《すく》い残りの小こい鰯子《いわしこ》が、チ、チ、チ、（笑う。）……青い鰭《ひれ》の行列で、巌竈《いわかまど》の簀《す》の中を、きらきらきらきら、日南《ひなた》ぼっこ。ニコニコとそれを見い、見い、身のぬらめきに、手唾《てつばき》して、……漁師が網を繕《つくの》うでしゅ……あの真似をして遊んでいたでしゅ。――処へ、土地ところには聞馴れぬ、すずしい澄んだ女子《おなご》の声が、男に交って、崖上の岨道《そばみち》から、巌角《いわかど》を、踏んず、縋《すが》りつ、桂井《かつらい》とかいてあるでしゅ、印半纏《しるしばんてん》。」

「おお、そか、この町の旅籠《はたご》じゃよ。」

ええ、その番頭めが案内でしゅ。円髷《まるまげ》の年増と、その亭主らしい、長《なが》面《づら》の夏帽子。自動車の運転手が、こつこつと一所《いっしょ》に来たでしゅ。が、その年増を――おばさん、と呼ぶでございましゅ、二十四五の、ふっくりした別嬪の娘――ちくと、そのおば

さん、が、おばしアん、と云うか、と聞こえる……清《すずし》い、甘い、情のある、その声が堪らんでしゅ。」

「はて、異《い》な声の。」

「おららが真似るようではないでしゅ。」

「ほ、ほ、そか、そか。」

と、余念なさそうに頷いた——風はいま吹きつけたが——その不思議に乱れぬ、ひからびた燈心とともに、白髪も浮世離れして、翁《おきな》さびた風情である。

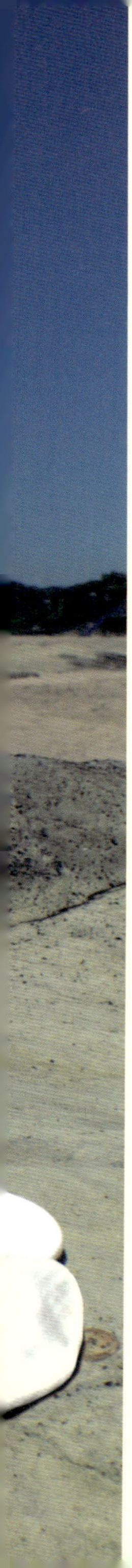

「翁様、娘は中肉にむっちりと、膚《はだ》つきが得う言われぬのが、びちゃびちゃと潮へ入った。褄《つま》をくるりと。」

「危《あぶな》やの。おぬしの前でや。」

「その脛《はぎ》の白さ、常夏《とこなつ》の花の影がからみ、磯風に揺れ揺れするでしゅが——年増も入れば、夏帽子も。番頭も半纏の裾《すそ》をからげたでしゅ。巌根《いわね》づたいに、鰒《あわび》、鰒、栄螺《さざえ》、栄螺。……小鰯《こいわし》の色の綺麗さ。紫式部といつたかたの好きだったというもっともで……お紫《むら》と云うがほんとうに紫……などというでしゅ、その娘が、その声で。……淡い膏《あぶら》も、白粉《おしろい》も、娘の匂いそのままで、膚《はだ》ざわりのただ粗い、岩に脱いだ白足袋の裡《なか》に潜って、熟《じっ》と覗いていたでしゅが。一波上るわ、足許へ。あれと裳《もすそ》を、脛《はぎ》がよれる、裳が揚《あが》る、紅い帆が、白百合の船にはらんで、青々と引く波に走るのを見ては、何とも、かとも、翁様。」

「ちと聞苦しゅう覚えるぞ。」

「口へ出して言わぬばかり、人間も、赤沼の三郎もかわりはないでしゅ。翁様——処ででしゅ、この吸盤《すいつき》用意の水掻《みずかき》で、お尻を密《そっ》と撫でようものと……」

「ああ、約束は免れぬ。和郎たちは、一族一門、代々それがために皆怪我をするのじゃよ。」

「違うでしゅ、それでした怪我ならば、自業自得で怨恨《うらみ》はないでしゅ。……蛙手に、底を泳ぎ寄って、口をぱくりと、」

「その口でか、その口じゃの。」

「ヒ、ヒ、ヒ、空ざまに、波の上の女郎花《おみなえし》、桔梗《ききょう》の帯を見ますと、や、背負守《しょいまもり》の扉を透《す》いて、道中、道すがら参詣した、中山の法華経寺か、かねて御守護の雑司《ぞうし》ヶ谷《や》か、真紅《まっか》な柘《ざく》榴《ろ》が輝いて燃えて、鬼子母神《きしもじん》の御影《みえい》が見えたでしゅで、蛸遁《たこに》げで、岩を吸い吸い、色を変じて磯へ上った。沖がやがて曇ったでしゅ。あら、気味の悪い、浪がかかったかしら。……別嬪《べっぴん》の娘の畜生め、などとぬかすでしゅ。……白足袋をつまんで。

——

磯浜へ上って来て、巌《いわ》の根《ね》松の日蔭に集り、ビイル、煎餅《せんべい》の飲食《のみくい》するのは、羨しくも何ともないでしゅ。娘の白い頤《あご》の少しばかり動くのを、甘味《うま》そうに、屏風巌《びょうぶいわ》に附着《くっつ》いて見ているうちに、運転手の奴が、その巌の端へ来て立って、沖を眺めて、腰に手をつけ、気取って反《そ》るでしゅ。見つけられまい、と背後《うしろ》をすり抜ける出合がしら、錠《じょう》の浜というほど狭い砂浜、娘等四人が揃って立つでしゅから、ひょいと岨路《そばみち》へ飛ぼうとする処を、

――まて、まて、まて――

と娘の声でしゅ。見惚《みと》れて顱《さら》が顕《あら》われたか、罷了《しまい》と、慌てて足許の穴へ隠れたでしゅわ。

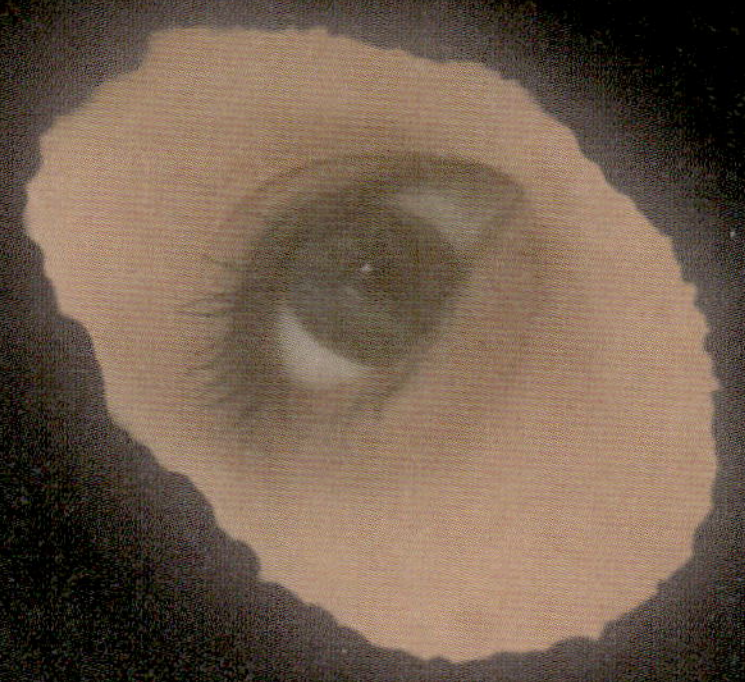

間の悪さは、馬蛤貝《まてがい》のちょうど隠家。——塩を入れると飛上るんですってねと、娘の目が、穴の上へ、ふたになって、熟《じっ》と覗く。河童だい、あかんべい、とやった処が、でしゅ……覗いた瞳の美しさ、その麗《うららか》さは、月宮殿の池ほどござり、睫《まつげ》が柳の小《さざ》

波《なみ》に、岸を縫って、靡《なび》くでしゅが。
——ただ一雫《ひとしずく》の露となって、逆《さかさ》に落ちて吸わりょうと、蕩然《とろり》とすると、

痛い、疼《いた》い、痛い、疼いッ。

肩のつけもとを棒切で、砂越しに突《つき》挫《くじ》いた。」
「その怪我じゃ。」

「神職様。——塩で釣出せぬ馬蛤《まて》のかわりに、太い洋杖《ステッキ》でかッぽじった、杖は夏帽の奴の持ものでしゅが、下手人は旅籠屋の番頭め、這奴《しゃつ》、女ばらへ、お歯向きに、金歯を見せて不埒《ふらち》を働く。」

「ほ、ほ、そか、そか。——かわいや倅《せがれ》、倅が怨《うらみ》は番頭じゃ。」

「違うでしゅ、翁様。——思わず、きゅうと息を引き、馬蛤の穴を刎飛《はねと》んで、田打蟹《たうちがに》が、ぼろぼろ打つでしゅ、泡ほどの砂の沫《あわ》を被って転がって遁《に》げる時、口惜《くや》しさに、奴の穿《は》いた、奢《おご》った長靴、丹精に磨いた自慢の向脛《むこうずね》へ、この唾《つば》をかッと吐掛けたれば、この一呪詛《ひとのろい》によって、あの、ご秘蔵の長靴は、穴が明いて腐るでしゅから、奴に取っては、リョウマチを煩らうより、きとこたえる。仕返しは沢山でしゅ。——怨の的は、神職様——娘ども、夏帽子、その女房の三人でしゅが。」

「一通りは聞いた、ほ、そか、そか。……無理も道理も、老《おい》の一存にはならぬ事じゃ。いずれはお姫様に申上ぎょうが、こなた道理には外れたようじゃ、無理でのうもなかりそうに思われる、そのしかえし。お聞済みになろうか。むずかしいの。」
「御鎮守の姫様、おきき済みになりませぬと、目の前の仇《かたき》を視《み》ながら仕返しが出来んのでしゅ、出来んのでしゅが、

わア、」

とたちまち声を上げて泣いたが、河童はすぐに泣くものか、知らず、駄々《だだ》子《つこ》がものねだりする状《さま》であった。

「忰、忰……まだ早い……泣くな。」

と翁は、白く笑った。

「大慈大悲《だいじだいひ》は仏菩薩《ぶつぼさつ》にこそおわすれ、この年老いた気の弱りに、毎度御意見は申すなれども、姫神、任侠《にんきょう》の御気風ましまし、ともあれ、先んじて、お袖に縋ったものの願い事を、お聞届けの模様がある。一度《ひとた》び取次いでおましょうぞ——えいとな。……

や、や、や、横扉から、はや、お縁《えん》へ。……これは、また、お軽々しい。」

廻廊の縁の角あたり、雲低き柳の帳《とばり》に立って、朧《おぼろ》に神々しい姿の、翁の声に、つと打向《うちむか》いたまえるは、細面ただ白玉の鼻筋通り、水晶を刻んで、威のある眦《まなじり》。額髪《ひたいがみ》、眉のかかりは、紫の薄い袖頭巾《そでずきん》にほのめいた、が、匂《におい》はさげ髪の背に余る。――紅地金襴《べにじきんらん》のさげ帯して、紫の袖長く、衣紋《えもん》に優しく引合わせたまえる、手かさねの両の袖口に、塗骨《ぬりぼね》の扇つつましく持添えて、床板の朽目《くちめ》の青芒《あおすすき》に、裳《もすそ》の紅《くれない》うすく燃えつつ、すらすらと莟《つぼみ》なす白い素足《すあし》で渡って。――神か、あらずや、人か、巫女《みこ》か。

「――その話の人たちを見ようと思う、翁、里人の深切《しんせつ》に、すきな柳を欄干さきへ植えてたもったは嬉しいが、町の桂井館は葉のしげりで隠れて見えぬ。――広前《ひろまえ》の、そちらへ、参ろう。」

はらりと、やや蓮《はす》葉《は》に白脛《しらはぎ》のこぼるるさえ、道きよめの雪の影を散らして、膚《はだ》を守護する位《くらい》が備わり、包ましやかなお面《おもて》より、一層世の塵《ちり》に遠ざかって、好色の河童の痴《たわ》けた目にも、女の肉とは映るまい。

姫のその姿が、正面の格子に、銀色の染まるばかり、艶々《つやつや》と映った時、山鴉《やまがらす》の嘴太《はしぶと》が——二羽、小刻みに縁を走って、片足ずつ駒下駄を、嘴《くちばし》でコトンと壇の上に揃えたが、鴉がなった沓《くつ》かも知れない、同時に真黒な羽が消えたのであるから。

足が浮いて、ちらちらと高く上ったのは——白い蝶が、トタンにその塗下駄の底を潜《くぐ》って舞上ったので。——見ると、姫はその蝶に軽く乗ったように宙を下り立った。

「お床几《しょうぎ》、お床几。」

と翁が呼ぶと、栗鼠《りす》よ、栗鼠よ、古栗鼠の小栗鼠が、樹の根の、黒檀《こくたん》のごとくに光沢《つや》あって、木目は、蘭を浮彫にしたようなのを、前脚で抱えて、ひょんと出た。

袖近く、あわれや、片手の甲の上に、額を押伏せた赤沼の小さな主は、その目を上《あ》ぐるとひとしく、我を忘れて叫んだ。

「ああ、見えましゅ……あの向う丘の、二階の角の室《ま》に、三人が、うせおるでしゅ。」

姫の紫の褄下《つました》に、山懐《やまふところ》の夏草は、淵《ふち》のごとく暗く沈み、野茨《のばら》乱れて白きのみ。沖の船の燈《ともしび》が二つ三つ、星に似て、ただ町の屋根は音のない波を連ねた中に、森の雲に包まれつつ、その旅館——桂井の二階の欄干が、あたかも大船の甲板のように、浮いている。

が、鬼神の瞳に引寄せられて、社《やしろ》の境内なる足許に、切立《きったて》の石段は、疾《はや》くその舷《ふなばた》に昇る梯子《はしご》かとばかり、遠近《おちこち》の法規《おきて》が乱れて、赤沼の三郎が、角の室という八畳の縁近に、鬢《びん》の房《ふっさ》りした束髪と、薄手な年増の円髷《まるまげ》と、男の貸広袖《かしどてら》を着た棒縞《ぼうじま》さえ、靄《もや》を分けて、はっきりと描かれた。

「あの、三人は？」

「はあ、されば、その事。」

と、翁が手庇《てびさし》して傾いた。

社の神木の梢《こずえ》を鎖《とざ》した、黒雲の中に、怪しや、冴えたる女の声して、

「お爺さん——お取次。……ぽう、ぽっぽ。」

木菟《みみずく》の女性である。

「皆、東京の下町です。円髷は踊の師匠。若いのは、おなじ、師匠なかま、姉分のものの娘です。男は、円髷の亭主です。ぽっぽう。おはやし方の笛吹きです。」

「や、や、千里眼。」

翁が仰ぐと、

「あら、そんなでもありませんわ。ぽっぽ。」

と空でいった。河童の一肩、聳《そび》え

つつ、

「芸人でしゅか、士農工商の道を外れた、ろくでなしめら。」

「三郎さん、でもね、ちょっと上手《じょうず》だって言いますよ、ぽう、ぽっぽ。」

翁ははじめて、気だるげに、横にかぶりを振って、

「芸一通りさえ、なかなかのものじゃ。達者というも得難いに、人間の癖にして、上手などとは行過ぎじゃぞよ。」

「お姫様、トッピキピイ、あんな奴はトッピキピイでしゅ。」

と河童は水掻《みずかき》のある片手で、鼻の下を、べろべろと擦《こす》っていった。

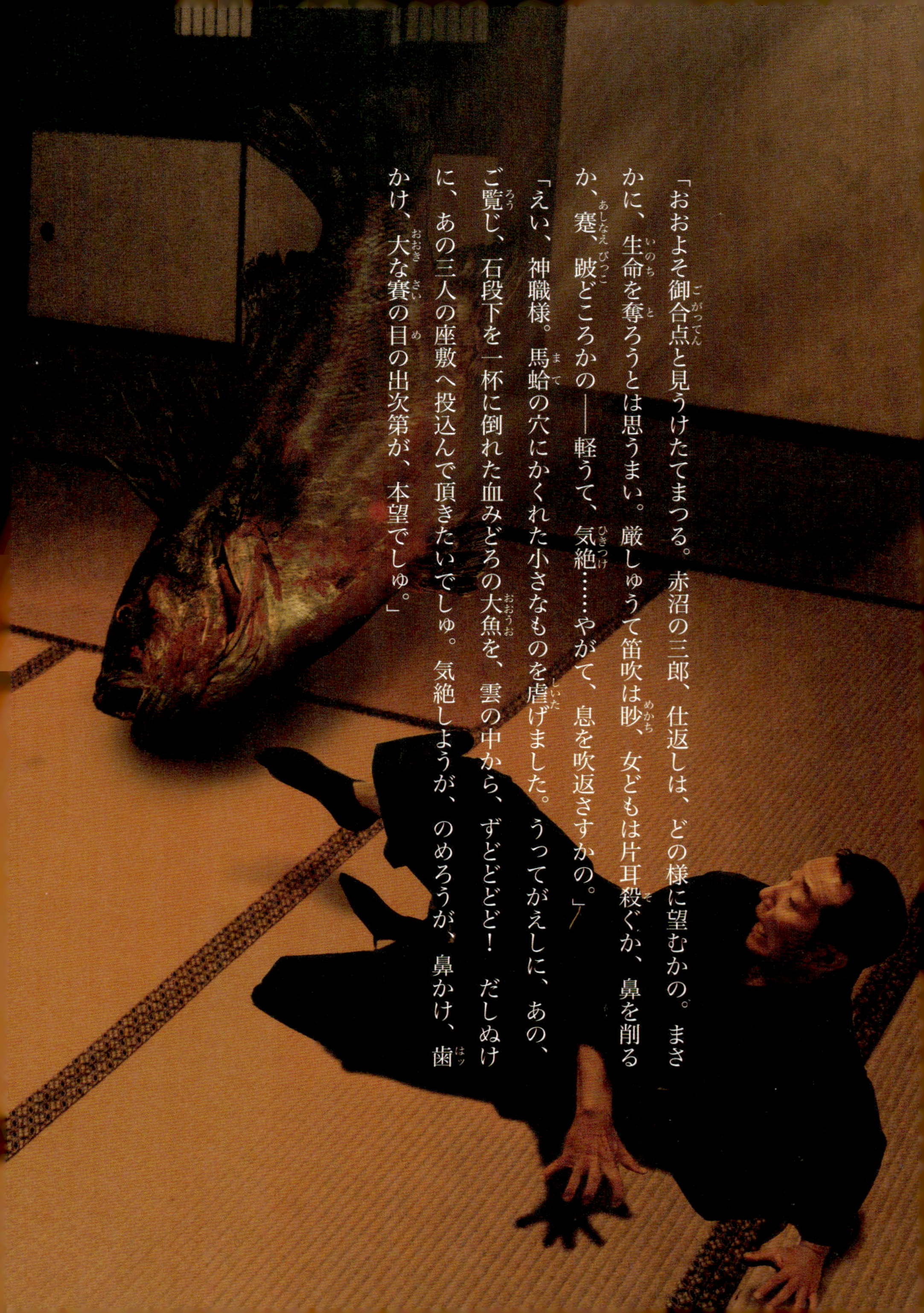

「おおよそ御合点《ごがってん》と見うけたてまつる。赤沼の三郎、仕返しは、どの様に望むかの。まさかに、生命《いのち》を奪《と》ろうとは思うまい。厳しゅうて笛吹は眇《めかち》、女どもは片耳殺《そ》ぐか、鼻を削るか、蹇《あしなえ》、跛《びっこ》どころかの——軽うて、気絶《ひきつけ》……やがて、息を吹返さすかの。」

「えい、神職様。馬蛤《まて》の穴にかくれた小さなものを虐《しいた》げました。うってがえしに、あの、ご覧《ろう》じ、石段下を一杯に倒れた血みどろの大魚《おおうお》を、雲の中から、ずどどどど！　だしぬけに、あの三人の座敷へ投込んで頂きたいでしゅ。気絶しようが、のめろうが、鼻かけ、歯《はッ》かけ、大《おおき》な賽《さい》の目《め》の出次第が、本望でしゅ。」

「ほ、ほ、大魚を降らし、賽に投げるか。おもしろかろ。悴、思いつきは至極じゃが、折から当お社もお人ずくなじゃ。あの魚は、かさも、重さも、破れた釣鐘ほどあって、のう、手頃には参らぬ。」

と云った。神に使うる翁の、この譬喩《たとえ》の言《ことば》を聞かれよ。筆者は、大石投魚を顕《あら》わすのに苦心した。が、こんな適切な形容は、凡慮《ぼんりょ》には及ばなかった。

お天守の杉から、再び女の声で……

「そんな重いもの持運ぶまでもありませんわ。ぽう、ぽっぽ――あの三人は町へ遊びに出掛ける処なんです。少しばかり誘《さそい》をかけますとね、ぽう、ぽっぽ――お社近《やしろぢか》まで参りましょう。石段下へ引寄せておいて、石投魚の亡者を飛上らせるだけでも用はたりましょうと存じますのよ。ぽう、ぽっぽ――あれ、ね、娘は髪のもつれを撫《なで》つけております、頸《えり》の白うございますこと。次の室《ま》の姿見《すがたみ》へ、年増が代って坐りました。――感心、娘が、こん度は円髷《まるまげ》、――あの手がらの水色は涼しい。ぽう、ぽっぽ――髷の鬢《びん》を撫でつけますよ。女同士のああした処は、しおらしいものですわね。酷いめに逢うのも知らないで。……ぽう、ぽっぽ――可哀相ですけど。……もう縁側へ出ましたよ。男が先に、気取って洋杖《ステッキ》なんかもって――あれでしょう。三郎さんを突いたのは――帰途《かえり》は杖にして縋《すが》ろうと思って、ぽう、ぽっぽ。……いま、すぐ、玄関へ出ますわ、ごらんなさいまし。」

真暗な杉に籠って、長い耳の左右に動くのを、黒髪で捌《さば》いた、女顔の木菟《みみずく》の、紅い嘴《くちばし》で笑うのが、見えるようで凄じい。その顔が月に化けたのではない。ごらんなさいましという、言葉が道をつけて、隧道《トンネル》を覗かす状《さま》に、遥にその真正面へ、ぱっと電燈の光のやや薄赤い、桂井館の大式台が顕《あらわ》れた。

向う歯の金歯が光って、印半纏《しるしばんてん》の番頭が、沓脱《くつぬぎ》の傍《そば》にたって、長靴を磨いているのが見える。いや、磨いているのではない。それに、客のではない。捻《ひね》り廻して鬱《ふさ》いだ顔色《がんしょく》は、愍然《ふびん》や、河童のぬめりで腐って、ポカンと穴があいたらしい。まだ宵《よい》だというに、番頭のそうした処は、旅館の閑散をも表示する……背後《うしろ》に雑木山を控えた、鍵の手形《なり》の総二階に、あかりの点《つ》いたのは、三人の客が、出掛けに障子を閉めた、その角座敷ばかりである。

桂井館
桂井館

下廊下を、元気よく玄関へ出ると、女連の手は早い、二人で歩行板《あゆみいた》を衝《つ》と渡って、自分たちで下駄を揃えたから、番頭は吃驚《びっくり》して、長靴を摑んだなりで、金歯を剥《むき》出しに、世辞笑いで、お叩頭《じぎ》をした。

女中が二人出て送る。その玄関の燈《ともしび》を背に、芝草と、植込の小松の中の敷石を、三人が道なりに少し畝《うね》って伝って、石造《いしづくり》の門にかかげた、石ぼやの門燈に、影を黒く、段を降りて砂道へ出た。が、すぐ町から小半町引込んだ坂で、一方は畑になり、一方は宿の囲《かこい》の石垣が長く続くばかりで、人通りもなく、そうして仄暗《ほのくら》い。

唯《ト》、町へたらたら下りの坂道を、つかつかと……わずかに白い門燈を離れたと思うと、どう並んだか、三人の右の片手三本が、ひょいと空へ、揃って、踊り構えの、さす手に上った。同時である。おなじように腰を捻った。下駄が浮くと、引く手が合って、おなじく三本の手が左へ、さっと流れたのがはじまりで、一列なのが、廻って、くるくると巴《ともえ》に附着《くっつ》いて、開いて、くるりと輪に踊る。花やかな娘の笑声が、夜の底に響いて、また、くるりと廻って、手が流れて、褄《つま》が飜《かえ》る。足腰が、水馬《みずすまし》の刎《は》ねるように、ツイツイと刎ねるように坂くだりに行《ゆ》く。……いや、それがまた早い。娘の帯の、銀の露の秋草に、円髷の帯の、浅葱《あさぎ》に染めた色絵の蛍が、飛交《とびか》って、茄子畑《なすばたけ》へ綺麗にうつり、すいと消え、ぱっと咲いた。

「酔っとるでしゅ、あの笛吹。女どもも二三杯。」と河童が舌打して言った。

「よい、よい、遠くなり、近くなり、あの破鐘《われがね》を持扱う雑作に及ばぬ。お山の草叢《くさむら》から、黄腹《きはら》、赤背《あかせ》の山鱗《やまうろこ》どもを、綯交《なえま》ぜに、三筋の処を走らせ、あの踊りの足許へ、茄子畑から、にょっにょっと、蹴出《けだ》す白脛《しらはぎ》へ搦《から》ましょう。」この時の白髪は動いた。

「爺《じじ》い。」

「はあ。」と烏帽子が伏《ふさ》る。

姫は床几《しょうぎ》に端然と、

「男が、口のなかで拍子を取るが……」

翁は耳を傾け、皺手《しわで》を当てて聞いた。

「拍子ではござりませぬ、ぶつぶつと唄のようで。」

「さすが、商売人《くろうと》。――あれに笛は吹くまいよ、何と唄うえ。」

「分りましたわ。」と、森で受けた。

「……諏訪《すわ》――の海――水底《みなそこ》、照らす、小玉石《こだまいし》――手には取れども袖は濡《ぬら》さじ……おーもーしーろーお神楽《かぐら》らしいんでございますの。お、も、しーろし、かしらも、白し、富士の山、麓《ふもと》の霞《かすみ》――峰の白雪《しらゆき》。」

「それでは、お富士様、お諏訪様がた、お目かけられものかも知れない――お待ち……あれ、気の疾《はや》い。」

紫の袖が解けると、扇子《おうぎ》が、柳の膝に、丁《ちょう》と当った。

びくりとして、三つ、ひらめく舌を縮めた。風の如く駆下りた、ほとんど魚の死骸の鰭《ひれ》のあたりから、ずるずると石段を這返《はいかえ》して、揃って、姫を空に仰いだ、一所《ひとところ》の鎌首は、如《にょ》意《い》に似て、ずるずると尾が長い。

二階のその角座敷では、三人、顔を見合わせて、ただ呆《あき》れ果ててぞいたりける風情がある。

これは、さもありそうな事で、一座の立女形《たておやま》たるべき娘さえ、十五十六ではない、二十《はたち》を三つ四つも越しているのに。——円髷は四十近《ぢか》で、笛吹きのごときは五十にとどく、というのが、手を揃え、足を挙げ、腰を振って、大道《だいどう》で踊ったのであるから。——もっと深入した事は、見たまえ、ほっとした草臥《くたび》れた態《なり》で、真中に三方から取巻いた食卓《ちゃぶだい》の上には、茶道具の左右に、真新しい、擂粉木《すりこぎ》、および杓子《しゃくし》となんいう、世の宝貝《たからもの》の中に、最も興がった剽軽《ひょうきん》ものが揃って乗っていて、これに目鼻のつかないのが可訝《おかし》いくらい。ついでに婦《おんな》二人の顔が杓子と擂粉木にならないのが不思議なほど、変な外出《そとで》の夜であった。

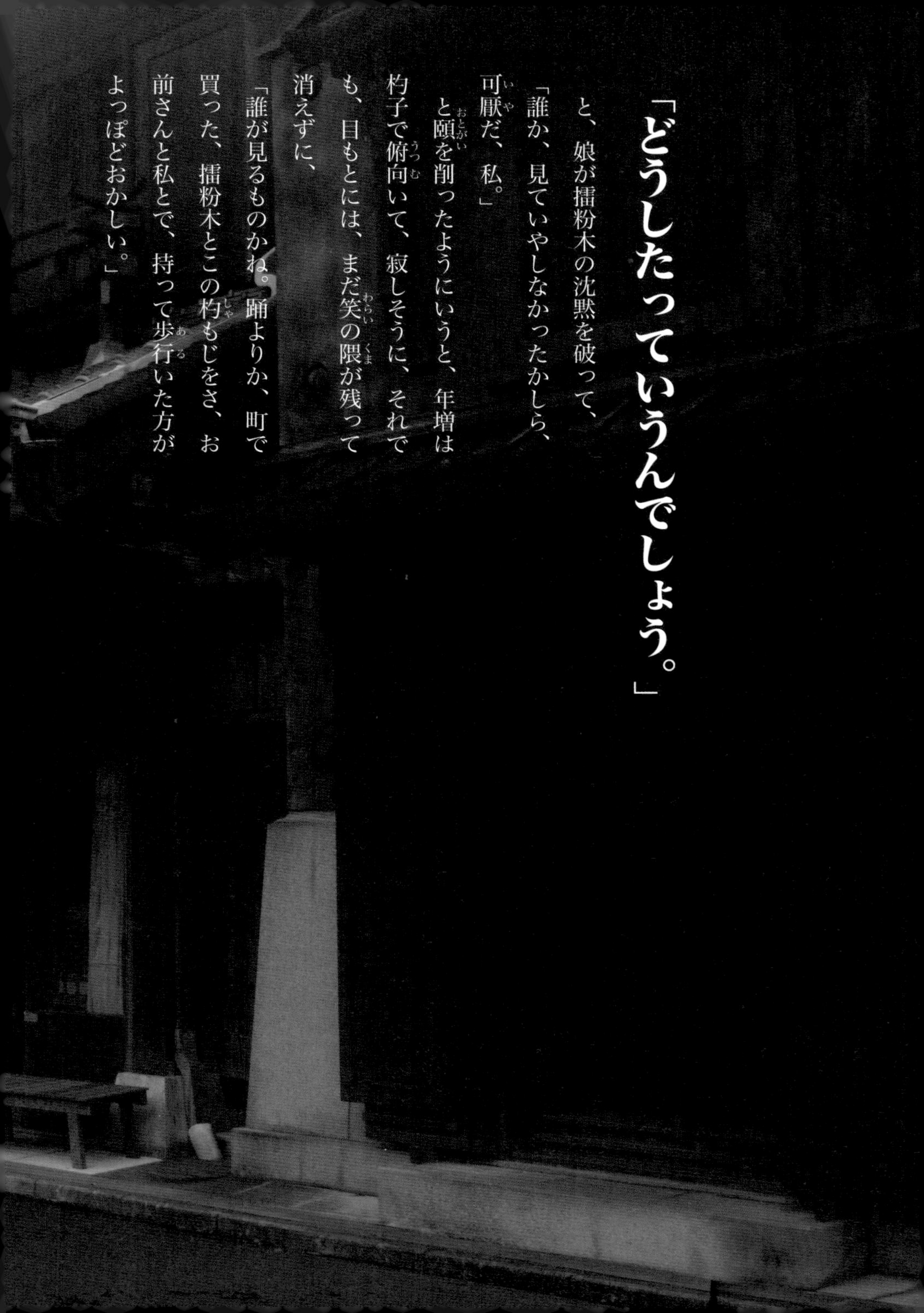

「どうしたっていうんでしょう。」

と、娘が擂粉木の沈黙を破って、

「誰か、見ていやしなかったかしら、可厭《いや》だ、私。」

と顋《おとがい》を削ったようにいうと、年増は杓子で俯向《うつむ》いて、寂しそうに、それでも、目もとには、まだ笑《わらい》の隈《くま》が残って消えずに、

「誰が見るものかね。踊よりか、町で買った、擂粉木とこの杓《しゃ》もじをさ、お前さんと私とで、持って歩行《ある》いた方がよっぽどおかしい。」

「だって、おばさん――どこかの山の神様のお祭に踊る時には、まじめな道具だって、おじさんが言うんじゃないの。……御幣《ごへい》とおんなじ事だって。……だから私――まじめに町の中を持ったんだけれど、考えると――変だわね。」

「いや、まじめだよ。この擂粉木と杓子の恩を忘れてどうする。おかめひょっとこのように滑稽もの扱いにするのは不届き千万さ。」

さて、笛吹――は、これも町で買った楊弓《ようきゅう》仕立の竹に、雀が針がねを伝《つたわ》って、嘴《くちばし》の鈴を、チン、カラカラカラカラカラ、チン、カラカラと飛ぶ玩弄品《おもちゃ》を、膝について、鼻の下の伸びた顔でいる。……いや、愚に返った事は――もし踊があれなりに続いて、下り坂を発奮《はず》むと、町の真中へ舞出して、漁師町の棟《むね》を飛んで、海へころげて落ちたろう。

馬鹿気ただけで、狂人《きちがい》ではないから、生命《いのち》に別条はなく鎮静した。――ところで、とぼけきった興は尽きず、神巫《みこ》の鈴から思いついて、古びた玩弄品屋の店で、ありあわせたこの雀を買ったのがはじまりで、笛吹はかつて、麻布辺の大資産家で、郷土民俗の趣味と、研究と、地鎮祭をかねて、飛騨《ひだ》、三河、信濃《しなの》の国々の谷谷深く相交叉《こうさ》する、山また山の僻村《へきそん》から招いた、山民一行の祭に参じた。桜、菖蒲《あやめ》、山の雉子《きじ》の花踊。赤鬼、青鬼、白鬼の、面も三尺に余るのが、斧鉞《おのまさかり》の曲舞《きょくまい》する。浄《きよ》め砂置いた広庭の壇場には、幣《ぬさ》をひきゆい、注連《しめ》かけわたし、来《きた》ります神の道は、（千道《ちみち》、百綱《ももづな》、道七つ。）とも言えば、（綾《あや》を織り、錦を敷きて招じる。）と謡うほどだから、奥山人が、代々に伝えた紙細工に、巧《わざ》を凝らして、千道百綱を虹のように。飾《かざり》の鳥には、雉子、山鶏《やまどり》、秋草、もみじを切出したのを、三《み》重《え》、七重《ななえ》に――たなびかせた、その真中に、丸太薪《たきぎ》を堆《うずたか》く烈々と燻《く》べ、大釜《おおがま》に湯を沸かせ、湯玉の霰《あられ》にたばしる中を、前後《あとさき》に行違い、右左に飛廻って、松明《たいまつ》の火に、鬼も、人も、神巫《みこ》も、禰宜《ねぎ》も、美女も、裸も、虎の皮も、紅《くれない》の袴《はかま》も、燃えたり、消えたり、その、ひゅうら、ひゅ、ひゅうら、ひゅ、諏訪の海、水底《みなそこ》照らす小玉石、を唄いながら、黒雲に飛《ひ》行《ぎょう》する、その目覚しさは……なぞと、町を歩行《ある》きながら、ちと手真似で話して、その神楽の中に、青いおかめ、黒いひょっとこの、扮装《いでたち》したのが、こてこてと飯粒をつけた大杓子《おおしゃくし》、べたりと味噌を塗った太擂粉木《ふとすりこぎ》で、踊り踊り、不意を襲って、あれ、きゃア、ワッと言う隙《ひま》あらばこそ、見物、いや、参詣の紳士はもとより、装《よそおい》を凝らした貴婦人令嬢の顔へ、ヌッと突出し、べたり、ぐしゃッ、どろり、と塗る……と話す頃は、円髷が腹筋《はらすじ》を横によるやら、娘が拝むようにのめって俯向《うつむ》いて笑うやら。ちょっとまた踊が憑《つ》いた形になると、興に乗じて、あの番頭を噴出《ふきだ》させなくっては……女中をからかおう。……で、あろう事か、荒物屋で、古新聞で包んでよこそう、というものを、そのままで結構よ。第一色気ざかりが露出《むきだ》しに受取ったから、荒物屋のかみさんが、おかしがって笑うより、禁厭《まじない》にでもするのか、と気味の悪そうな顔をしたのを、また嬉しがって、寂寥《せきりょう》たる夜店のあたりを一廻り。横町を田畝《たんぼ》へ抜けて——はじめから志した——山の森の明神の、あの石段の下へ着いたまでは、馬にも、猪《いのしし》にも乗った勢だった。

そこに……何を見たと思う。

――通合わせた自動車に、消えて乗って、わずかに三分。……

宿へ遁返《にげかえ》った時は、顔も白澄むほど、女二人、杓子と擂粉木を出来得る限り、掻合《かきあ》わせた袖の下へ。——あら、まあ、笛吹は分別で、チン、カラカラカラ、チン。わざと、チンカラカラカラと雀《すずめ》を鳴らして、これで出迎えた女中だちの目を逸《そ》らさせたほどなのであった。

「いわば、お儀式用の宝ものといっていいね、時ならない食卓《ちゃぶだい》に乗ったって、何も気味の悪いことはないよ。」

「気味の悪いことはないったって、一体変ね、帰る途《みち》でも言ったけれど、行《ゆき》がけに先刻《さっき》、宿を出ると、いきなり踊出したのは誰なんでしょう。」

「そりゃ私だろう。掛引のない処。お前にも話した事があるほどだし、その時の祭の踊を実地に見たのは、私だから。」

「ですが、こればかりはお前さんのせいともいえませんわ。……話を聞いていますだけに、何だか私だったかも

知れない気がする。」

「あら、おばさん、私のようよ、いきなりひとりでに、すっと手の上ったのは。」

「まさか、巻込まれたのなら知らないこと——お婿さんをとるのに、間違ったら、高島田に結《い》おうという娘の癖に。」

「おじさん、ひどい、間違ったら高島田じゃありません、やむを得ず洋髪《ハイカラ》なのよ。」

「おとなしくふっくりしてる癖に、時々ああいう口を利くんですからね。——吃驚《びっくり》させられる事があるんです。——いつかも修善寺の温泉宿《ゆやど》で、あすこに廊下の橋がかりに川水を引入れた流《ながれ》の瀬があるでしょう。巖組《いわぐみ》にこしらえた、小さな滝が落ちるのを、池の鯉が揃って、競って昇るんですわね。水をすらすらと上るのは割合やさしいようですけれど、流れが煽《あお》って、こう、颯《さっ》とせく、落

口の巖角《いわかど》を刎《は》ね越すのは苦艱《くげん》らしい……しばらく見ていると、だんだんにみんな上《のぼ》った、一つ残ったのが、ああもう少し、もう一息という処で滝壺へ返って落ちるんです。そこよ、しっかりッてこの娘《ひと》――口へ出したうちはまだしも、しまいには目を据えて、熟《じっ》と視《み》たと思うと、湯上りの浴衣のままで、あの高々と取った欄干を、あッという間もなく、跣足《はだし》で、跣足で跨《また》いで――お帳場でそういいましたよ。随分おてんばさんで、二階の屋根づたいに隣の間へ、ばア――それよりか瓦《かわら》の廂《ひさし》から、藤棚越しに下座敷を覗いた娘さんもあるけれど、あの欄干を跨いだのは、いつの昔、開業以来、はじめてですって。

……この娘《ひと》。……御当人、それで巌飛びに飛移って、その鯉をいきなりつかむと、滝の上へ泳がせたじゃありませんか。」

「説明に及ばず。私も一所《いっしょ》に見ていたよ。吃驚《びっくり》した。時々放れ業《わざ》をやる。それだから、縁遠いんだね。たとえばさ、真のおじきにした処で、いやしくも男の前だ。あれでは跨いだんじゃない、飛んだんだ。いや、足を宙へ上げたんだ。——」

「知らない、おじさん。」

「もっとも、一所に道を歩行《ある》いていて、左とか右とか、私と説が違って、さて自分が勝つと——銀座の人込の中で、どうです、それ見たか、と白い……」

「多謝《サンキュウ》。」

「逞《たく》しい。」

「取消し。」

「腕を、拳固がまえの握拳《にぎりこぶし》で、二の腕の見えるまで、ぬっと象の鼻のように私の目のさきへ突出《つきだ》した事があるんだからね。」

「まだ、踊ってるようだわね、話がさ。」

「私も、おばさん、いきなり踊出したのは、やっぱり私のように思われてならないのよ。」

「いや、ものに誘われて、何でも、これは、言合わせたように、前後甲乙《ぜんごこうおつ》、さっぱりと三人同時《いっとき》だ。」

「可厭《いや》ねえ、気味の悪い。」

「ね、おばさん、日の暮方に、お酒の前。……ここから門のすぐ向うの茄子畠《なすばたけ》を見ていたら、影法師のような小さなお媼《ばあ》さんが、杖に縋《すが》ってどこからか出て来て、畑の真中へぼんやり立って、その杖で、何だか九字《くじ》でも切るような様子をしたじゃアありませんか。思出すわ。……鋤鍬《すきくわ》じゃなかったんですもの。あの、持ってたもの撞木《しゅもく》じゃありません？」

悚然《ぞっ》とする。あれが魔法で、私たちは、誘い込まれたんじゃないんでしょうかね。」

「大丈夫、いなかでは遣る事さ。ものなりのいいように、生《な》れ生れ茄子《なす》のまじないだよ。」

「でも、畑のまた下道には、古い穀倉《こくぐら》があるし、狐か、狸か。」

「そんな事は決してない。考えているうちに、私にはよく分った。雨続きだし、石段が辷《すべ》るだの、お前さんたち、蛇が可恐《こわ》いのといって、失礼した。――今夜も心ばかりお鳥居の下まで行った――毎朝拍手《かしわで》は打つが、まだお山へ上らぬ。あの高い森の上に、千木《ちぎ》のお屋根が拝される……ここの鎮守様の思召しに相違ない。――五月雨《さみだれ》の徒然《つれづれ》に、踊を見よう。――さあ、その気で、更《あら》めて、ここで真面目に踊り直そう。神様にお目にかけるほどの本芸は、お互にうぬぼれぬ。杓子《しゃくし》舞《まい》、擂粉木《すりこぎ》踊《おどり》だ。二人は、わざとそれをお持ち、真面

目だよ、さ、さ、さ。可《い》いかい。」

笛吹は、こまかい薩摩《さつま》の紺絣《こんがすり》の単《ひと》衣《え》に、かりものの扱帯《しごき》をしめていたのが、博多《はかた》を取って、きちんと貝の口にしめ直し、横縁の障子を開いて、御社《おやしろ》に。――一座退《しさ》って、女二人も、慎み深く、手をつかえて、ぬかずいた。

栗鼠が仰向けにひっくりかえった。

あの、チン、カラ、カラカラカラカラ、笛吹の手の雀は雀、杓子は、しゃ、しゃ、杓子と、す、す、す、擂粉木を、さしたり、引いたり、廻り踊る。ま、ま、真顔を見《み》さいな。笑わずにいられるか。

泡を吐き、舌を嚙み、ぶつぶつ小じれに焦《じ》れていた、赤沼の三郎が、うっかりしたように、思わず、にやりとした。

姫は、赤地錦《あかぢにしき》の帯脇に、おなじ袋の緒をしめて、守刀《まもりがたな》と見参らせたは、あらず、一管の玉の笛を、すっとぬいて、丹花《たんか》の唇、斜めに氷柱《つらら》を含んで、涼しく、気高く、歌口を——

木菟《みみずく》が、ぽう、と鳴く。

社の格子が颯《さっ》と開くと、白兎が一羽、太鼓を、抱くようにして、腹をゆすって笑いながら、撥音《ばちおと》を低く、かすめて打った。

河童の片手が、ひょいと上って、また、ひょいと上って、ひょこひょこと足で拍子を取る。

見返りたまい、

「三人を堪忍してやりゃ。」

「あ、あ、あ、姫君。踊って喧嘩はなりませぬ。うふ、うふふ、蛇も踊るや。——藪の穴から狐も覗いて——あはは、石投魚《いしなぎ》もぬさりと立った。」

わっと、けたたましく絶叫して、石段の麓《ふもと》を、右往左往に、人数は五六十、飛んだろう。

赤沼の三郎は、手をついた——もうこうまいる、姫神様。

……

「愛想のなさよ。撫子《なでしこ》も、百合も、あるけれど、活きた花を手折ろうより、この一折持っていきゃ。」

取らしょうと、笛の御手《みて》に持添えて、濃い紫の女扇《おんなおうぎ》を、袖すれにこそたまわりけれ。

片手なぞ、今は何するものぞ。

「おんたまものの光は身に添い、案山子《かかし》のつづれも錦《にしき》の直垂《ひたたれ》。」

翁が傍《かたわら》に、手を挙げた。

「石段に及ばぬ、飛んでござれ。」

「はあ、いまさらにお恥かしい。大海蒼溟《たいかいそうめい》に館《やかた》を造る、跋難佗《ばつなんだ》竜王、娑伽羅《しゃがら》竜王、摩那斯《まなし》竜王。竜神、竜女も、色には迷う験《ため》し候。外海小湖《がいかいしょうこ》に泥土《でいど》の鬼畜、怯弱《きょうじゃく》の微輩《ひはい》。馬蛤《まて》の穴へ落ちたりとも、空を翔《か》けるは、まだ自在。これとても、御恩の姫君。事おわして、お召とあれば、水はもとより、自在のわっぱ。電火、地火、劫火《ごうか》、敵火、爆火、手一つでも消しますでしゅ、ごめん。」

とばかり、ひょうと飛んだ。

ひょう、ひょう。

翁が、ふたふたと手を拍《たた》いて、笑い、笑い、

「漁師町は行水時よの。さらでもの、あの手負《ておい》が、白い脛《すね》で落ちると愍然《ふびん》じゃ。見送って

やれの——鴉《からす》、鴉。」

かあ、かあ。

ひょう、ひょう。

かあ、かあ。

ひょう、ひょう。

雲は低く灰汁《あく》を漲《みなぎ》らして、蒼穹《あおぞら》の奥、黒く流るる処、げに直顕《ちょっけん》せる飛行機の、一万里の荒海、八千里の曠野《あらの》の五月闇《さつきやみ》を、一閃《いっせん》し、掠《かす》め去って、飛ぶに似て、似ぬものよ。

ひょう、ひょう。

かあ、かあ。

北をさすを、北から吹く、逆らう風はものともせねど、海洋の濤《なみ》のみだれに、雨一しきり、どっと降れば、上下《うえした》に飛《とび》かわり、翔交《かけまじ》って、

かあ、かあ。

ひょう、ひょう。

かあ、かあ。

ひょう、ひょう。

かあ、かあ。
ひょう、
ひょう。
…………
…………

あとがき

私の世代は子供の頃に妖怪、怪獣ブームの洗礼を受けている。今まで人物ばかり作ってきたが、一度人に非ざる者を手がけてみたかった。そこで選んだのが、鏡花作品の中でも奇妙な味わいのある本作である。主役の河童の三郎は、潔癖性の鏡花がいかにも嫌がりそうなベトベトと生臭く、けっして可愛らしいとはいえない存在にするつもりでいたが、制作で一年間もつきあっていると、佳境に入る頃には愛らしく見えてきた。

今回、鏡花自身は作中に登場しないが、かわりに鏡花の盟友であり、『遠野物語』で河童を描き、鏡花や芥川に影響を与えた柳田國男に灯ともしの翁を演じてもらった。鏡花は三郎に対し好色でお調子者という、一般に伝わる河童のイメージに準じ楽しげに筆を走らせているが、〝妖怪は神の零落した姿〟と考える柳田は本作について「河童を馬鹿にしてござる」といささか不満があったようである。だからこそ、自分勝手な仇討ちを願い出る三郎に対し、終始愛情深い眼差しで接する翁であるよう心がけた。

そしてこれは触れておかなければならない。私が制作した異界の住人に対し人間側の登場人物は、日頃私が酒場で顔を合わせる常連客や近所の方々である。私は毎日ただ漫然と体内のアルコール消毒に励んでいたわけではなく、『七人の侍』の志村喬や『荒野の七人』のユル・ブリンナーよろしく、七人を選ばせていただいた。この一般人の皆さんは、私のいうとおりに動いてくれさえすれば、と思っていたが、実際はその意外な表現力に、終始笑わせられながらシャッターを切っていた。なんでも協力するといったけど、そういう意味では……という戸惑いの表情も今となっては懐かしい。皆さんのご協力あってこその本書、改めて感謝したい。

二〇一三年七月　石塚公昭

泉鏡花

1873-1939

石塚公昭
いしづか・きみあき

人形作家・写真家。1957 年東京生まれ。1977 年東京クラフトデザイン研究所陶磁器科卒。1977-79 年岐阜県瑞浪市、茨城県高萩市にて製陶業に従事。1980 年人形制作、1991 年廃れた写真古典技法オイルプリント、1996 年人形の写真撮影を始める。実在の人物をモデルに人形（40 ～ 50cm）を制作し写真と組み合わせることで、見たことのない風景を現出させる。ロバート・ジョンソンなど黒人ミュージシャン・シリーズ、江戸川乱歩や澁澤龍彦など作家・文士シリーズを展開。著書に『乱歩　夜の夢こそまこと』（パロル舎、2005）、『Object Glass 12』（風濤社、2007）。装丁多数、最近の仕事に伊集院静『作家の遊び方』、亀山郁夫『偏愛記——ドストエフスキーをめぐる旅』など。「中央公論 Adagio」表紙画（全 25 号）。江戸東京たてもの園、世田谷文学館等、展覧会多数。http://www.kimiaki.net

協力

江藤あゆみ	斎藤昭	田村政実	森本正人
江藤京子	滋野由美	那須眞知子	森本浩子
菊地俊幸	竹田忠由	牧野登志夫	麗子
木藤等	玉川知花	望月瑞樹	

泉鏡花記念館
江戸東京たてもの園
河本
鳥のいるカフェ

貝の穴に河童の居る事

2013 年 9 月 2 日初版第 1 刷印刷
2013 年 9 月 20 日初版第 1 刷発行

著者　泉鏡花
人形・写真　石塚公昭
発行者　高橋 栄
発行所　風濤社
〒 113-0033 東京都文京区本郷 3-17-13 本郷タナベビル 4F
Tel. 03-3813-3421　Fax. 03-3813-3422
印刷所　シナノパブリッシングプレス
製本所　難波製本

printed in Japan
ISBN978-4-89219-372-9